AF495508

LETTRES

SUR LA

GALACTOTHÉRAPIE

PAR

FIRMIN DE DIEU
Docteur en médecine de la Faculté de Paris.

PREMIÈRE LETTRE

15 septembre 1858.

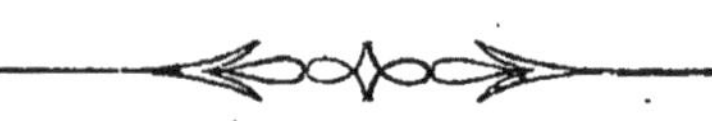

PARIS
IMPRIMERIE DE H. CARION
RUE BONAPARTE, 64.

1858

GALACTOTHÉRAPIE

PREMIÈRE LETTRE

De la diéte lactée appliquée au traitement de la phthisie.

Vous m'avez fait l'honneur, mon cher (Nosophile), de me demander mon sentiment sur la valeur de la diéte lactée dans le traitement des maladies, et particulièrement dans celui de la phthisie pulmonaire.

Je vais essayer, dans cette courte lettre, de vous faire part de mon appréciation.

Et tout d'abord, permettez-moi de jeter un coup d'œil rétrospectif sur l'usage du lait en thérapeutique.

USAGE DU LAIT EN THÉRAPEUTIQUE. — C'est aux premiers temps de l'art médical que remonte l'usage du lait comme médicament : les anciens l'employaient dans un grand nombre de maladies aiguës ou chroniques.

L'hydrogala, considéré comme une des boissons les plus utiles et les plus agréables que l'on puisse opposer aux affections thoraciques surtout, était fréquemment prescrit par Hippocrate, et ses bons effets dans la phthisie dorsale sont préconisés par Arethée.

L'illustre Sydenham satisfesait avec le lait à des indications variées. Il l'employait et le conseillait dans les fièvres éruptives, intermittentes, la goutte, le choléra, la dyssenterie, la colique bilieuse et néphrétique : par l'infusion de plantes appropriées, il s'en servait comme émollient, délayant, ou sudorifique.

Les praticiens modernes l'ont aussi toujours considéré comme un précieux agent, en France comme chez les autres peuples. Le zithogala fut continuellement en faveur auprès des médecins d'Angleterre.

L'art employa de tout temps, à l'intérieur, ce liquide bienfaisant à titre d'aliment et surtout comme boisson, à l'état pur, ou coupé avec de l'eau, des infusions, des décoctions émollientes, des eaux minérales, sulfureuses, alcalines, ferrugineuses et une foule d'autres substances dont il favorise les effets comme modérateur, ou par son action propre et sa vertu concomitante. Que de bons résultats obtenus par les praticiens, de cette médication mixte, dans la phthisie et le catarrhe pulmonaire !

Le lait n'a pas été employé aussi généralement à titre d'aliment dans les maladies aiguës; le respect des médecins pour le soixante-cinquième aphorisme d'Hippocrate qui le proscrit dans les fièvres aiguës et symptomatiques, leur a imposé dans quelques cas une sage restriction.

Mais cette réserve ne s'étend pas aux affections chroniques. Celles qui frappent les organes digestifs et pulmonaires sont placées en première ligne, sous le rapport des effets puissants qu'on obtient dans leur traitement par la diète lactée : que de gastrites chroniques, de diarrhées opiniâtres, de dyssenteries rebelles ont cédé à l'emploi de ce moyen !

Dans plusieurs états morbides de l'estomac, le lait, seul aliment toléré par ce viscère, calme les douleurs, en soutenant les forces, s'il ne réussit pas toujours à rétablir l'intégrité de ses fonctions.

Mais c'est surtout dans les maladies chroniques des voies aériennes, que depuis Galien la diète lactée a été préconisée : on trouve dans les auteurs bon nombre d'exemples de guérison de phthisie sous l'influence de ce régime.

« Une jeune fille de haute naissance, dit Vanswieten, ayant *bu du lait de femme* pendant un an et plus, vit disparaître sa toux, son expectoration purulente, sa faiblesse, sa maigreur, et revint à une santé florissante. » (T. 4, p. 96, *Comment.*, etc.)

Morgagni fait mention dans ses lettres (*Epist.* 22, art. 27), d'un malade atteint de *phthisie trachéale* qu'il soumit à un traitement par le lait : il fut guéri dans six mois et vécut encore seize ans après son rétablissement.

Le lait a souvent réussi dans les névroses. Cheyne rapporte qu'un médecin se guérit par ce moyen d'une épilepsie rebelle. (*An essay on the gout*, Lond. 1724.)

Sydenham attribue au lait des propriétés puissantes dans l'hystérie et surtout dans la variété qu'il appelle colique hystérique.

Ce même auteur, dans son traité sur la goutte, reconnaît que la diéte lactée exerce la plus heureuse influence sur cette diathèse, pensant qu'elle est limitée au temps pendant lequel les malades y restent soumis.

Tout le monde connaît d'ailleurs les avantages incontestables du lait administré dans la syphilis constitutionnelle, lorsque les malades sont tombés dans le marasme, épuisés par la rigueur des traitements divers.

Dans un Mémoire inséré dans les archives générales de médecine (1831. t. XXVII), le docteur Chrestien, de Montpellier, a fait connaître l'utilité du lait employé comme remède et comme aliment contre *l'hydropisie ascite* : d'après ses observations, que l'épanchement séreux fût la conséquence d'une péritonite chronique, d'une affection du foie, d'une hypertrophie de la rate, de toute autre altération viscérale due à divers genres d'excès, sous l'influence et la continuation du traitement lacté, la résorption ne se fesait pas longtemps attendre, et les succès étaient durables quand l'état du malade n'était point compromis par des imprudences.

Rappellerons-nous les propriétés du lait dans l'empoisonnement en général, et surtout sa réaction avec l'hydro-chlorate d'étain et le sulfate de zinc qui l'établit comme le vrai contrepoison de ces deux préparations métalliques.

Ajoutons enfin, que le lait s'emploie à l'extérieur comme émollient sous toutes sortes de formes : en bains, lotions, fomentations, cataplasmes, dans les diverses phlegmasies aiguës ou chroniques, tant de la peau et des membranes muqueuses que des viscères thoraciques ou abdominaux.

Des propriétés alimentaires du lait. — Après cet historique succinct de l'emploi thérapeutique du lait, passons à l'examen de ses propriétés alimentaires.

Produit de la sécrétion des mamelles, le lait réunit la plupart des éléments nutritifs qui doivent, pendant le cours de la vie de l'homme, faire la base de son alimentation.

Sa composition semble nous indiquer, indépendamment de plusieurs autres preuves, que nous sommes appelés à user d'une nourriture mixte, c'est-à-dire composée de substances végétales et de substances animales.

On trouve en effet, dans le lait, une matière azotée : le caséum; une matière grasse : le beurre ; une matière fermentescible : le sucre de raisin, et de plus, quelques sels, tels que des phosphates, des hydro-chlorates, et de l'eau, principe dominant.

L'homme au début de la vie, l'homme enfant, avait besoin d'une nourriture unique et d'autant plus parfaite, quant à ses principes constituants, qu'il était d'autant plus faible et d'autant plus incapable de la choisir ou de se la procurer ; aussi, la nature s'est chargée de ce soin, et le problème a été résolu par elle de la manière la plus parfaite possible, comme tout ce qu'elle procrée d'après ses lois immuables et providentielles.

Le lait est une émulsion mucilagineuse, qui réunit en qualité et en quantité, c'est-à-dire en nature comme en proportion, les principes nutritifs les plus parfaits et les mieux en harmonie avec la physiologie de l'homme ; principes que plus tard, quand il devient plus fort et plus intelligent, il va puiser instinctivement dans les trois règnes de la nature pour continuer à pourvoir à l'entretien de sa vie et de sa conservation.

S'occuper ici de l'usage du lait comme nourriture de l'homme, dans sa première enfance, me semblerait superflu; toute mère d'ailleurs en connaît les merveilles !

Tout au plus, avant de passer à l'examen de son emploi chez l'adulte, pourrions-nous observer, d'accord avec les chimistes, et les micrographes, qu'il est dans l'allaitement deux états opposés dans la constitution du lait, pouvant devenir préjudiciables à l'enfant : j'endends parler des éléments nutritifs contenus dans le lait en trop forte ou trop faible proportion : un lait séreux, pauvre en globules, moins nombreux et plus petits, suscite le vomissement et la diarrhée chez les nourrissons, par insuffisance d'alimentation.

Au contraire, un lait trop riche en principes solides, comparativement à l'énergie digestive des organes de l'enfant, c'est-à-dire une accumulation de globules par excès de nombre et de volume, sera suivi des phases pénibles de l'indigestion; et nous savons, conformément aux observations savantes de MM. Peligot et Donné, qu'il ne s'agit que d'éloigner les heures de l'allaitement pour laisser diminuer la consistance du lait, par son séjour dans les mamelles, pour parer à ce dernier accident; tandis que, par contraire, on obvie au premier par la fréquence des traites.

Mais, pour étudier les effets du lait sur l'homme adulte, il faut que nous considérions cet élément nutritif comme formant l'aliment obligé d'un régime diététique habituel; et quand on le considère à ce point de vue, il est permis d'affirmer que le lait a pour caractère essentiel d'adoucir et de relâcher : il stimule faiblement les organes digestifs, et, de même que le tube intestinal, les organes de la circulation générale ou capillaire se ressentent de ce manque d'excitation : celle-ci est peu accélérée dans le travail d'élaboration qui s'opère dans l'hématose du chyle fourni par le lait; une diminution d'activité dans les fonctions de la peau, une accumulation rapide de graisse dans les mailles du tissu cellulaire, par déviation du carbone et de l'hydrogène non expulsés, en sont la conséquence. Mais, ce qu'il y a de plus important à saisir, c'est le peu d'excitation qu'éprouvent de leur côté les organes pulmonaires.

Au point de vue de la réaction du physique sur le moral, de laquelle il faut, dans les maladies de poitrine, particulièrement tenir compte, nous pourrions rappeler que certains physiologistes ont cru voir dans l'usage habituel du lait, comme régime fondamental de l'homme, un retentissement sur son caractère. On a mis en opposition le naturel doux et tranquille des habitants des contrées où la vie animale n'a que du laitage pour principale ressource, et l'humeur vive, enjouée, ainsi que le tempérament plus irritable de ceux qui vivent dans les pays où les spiritueux remplacent les boissons lactées.

Influence de l'alimentation sur le lait. — Mais, de même que nous étudions le lait comme aliment, il est bon de rechercher l'influence de l'alimentation sur lui-même.

L'observation journalière signale les modifications imprimées au lait dans sa nature et dans sa quantité, par l'espèce d'aliment dont fait usage l'animal qui le fournit.

L'absinthe le rend amer; l'ail et le thym lui communiquent leur odeur; l'anis lui donne son arôme; la garance lui fait prendre une teinte rosée; la gratiole et la rhubarbe lui transmettent des propriétés purgatives. Or, quoique l'influence qu'exerce l'alimentation sur la quantité et la qualité du lait ait été remarquée depuis longtemps, M. Peligot est le premier qui a franchement abordé le côté chimique de cette question : il a fait connaître une série d'expériences qui permettent d'apprécier les modifications physiques et chimiques que le lait des animaux domestiques acquiert sous l'influence de telle ou telle alimentation.

Il a retiré du lait d'une ânesse, nourrie de carottes pendant un mois, un résidu oranger exhalant l'odeur de cette racine : ce lait, ordinairement acide, est devenu alcalin, après six jours de l'usage du bicarbonate de soude.

Il nourrit une ânesse pendant quinze jours, avec des carottes, des betteraves rouges et des pommes de terre, et, pendant un mois, avec de l'avoine concassée et de la luzerne sèche : l'analyse chimique démontra que la betterave convient le mieux pour donner un lait riche en principes solides; puis venait le mélange de luzerne et d'avoine, ensuite les pommes de terre, et enfin les carottes.

De même, certaines substances médicamenteuses font subir au lait des modifications plus ou moins notables.

MM. Henry et Chevalier se sont assurés, par des expériences répétées, que le sel marin, le sulfate de soude, l'iodure de potassium, l'oxide de fer, le sous-nitrate de bismuth, etc., etc., passaient dans le lait des ânesses. Ces chimistes, il est vrai, n'ont pu y découvrir le sulfate de quinine, le nitrate de potasse et les sels mercuriels; mais M. Peligot, qui a fait de son côté des recherches suivies, pour arriver à la découverte des sels mercuriels dans ce liquide, sans qu'il y soit parvenu, s'exprime néanmoins à ce sujet en ces termes : « En somme, dit-il, je pense que cette question est loin d'être résolue, malgré les résultats négatifs auxquels je suis arrivé. » Je partage complétement cette réserve et je me déclare partisan de l'opinion de MM. Moreau, Londe, Lagneau et autres qui s'appuyent, pour prouver le passage des sels mercuriels dans le lait, sur le fait bien démontré que les enfants, atteints de syphilis, guérissent au moyen de l'allaitement par une nourrice mercurialisée.

Ces expériences ont suggéré à M. Peligot les réflexions suivantes, qui trouvent leur application dans la pratique :

« Les modifications que le lait (d'ânesse) éprouve sous l'influence des causes que je viens de signaler, paraîtront sans doute aux médecins de nature à être mises à profit dans quelques-unes des circonstances morbides pour lesquelles il est usité. Il est difficile d'admettre, ce me semble, que dans les cas graves où le lait est fréquemment administré, il soit indifférent de donner aux malades un médicament dont la quantité peut quelquefois varier à l'insu du médecin, du *simple* au *double.* Ce n'est pas que je pense qu'il soit possible, dans la pratique, d'ordonner à chacun un lait d'une composition déterminée et constante; mais, comme cette composition varie dans un sens donné dont elle s'écarte peu, il est facile de se placer dans des circonstances favorables pour profiter des *avantages* qui peuvent résulter de la juste appréciation de ces variations. » (*Annales de chimie et de physique* t. 62.)

Après ces données sur la vertu curative et nourrissante du lait, sur sa constitution chimique et sur les modifications physiologiques qu'il peut subir, la question nous ramène à esquisser parallèlement, ce que nous savons de la phthisie au point de vue pathologique, ainsi que des moyens thérapeutiques divers que l'on a inventés et expérimentés tour à tour pour guérir ou pallier cette terrible affection.

De la Phthisie. — Que le tubercule soit, selon Broussais, le résultat de l'inflammation chronique des vaisseaux blancs, ou, selon C. Baron, la suite d'une infiltration du sang dans le parenchyme pulmonaire, d'où résulte un caillot suppuré par son centre, ou bien encore, que d'après l'opinion de MM. Andral, Cruveilhier et Lallemand, toute manifestation tuberculeusene

soit qu'une gouttelette de pus concret, je crois, pour mon compte, jusqu'à nouvelle investigation de la science sur la protogénie du tubercule, je crois, avec L'Héritier, que dans tous les cas, la formation de la matière tuberculeuse repose sur ce qu'un tissu ne peut assimiler, c'est-à-dire, convertir en sa substance normale les matériaux qui lui sont apportés pour sa nutrition, soit parce que ces matériaux sont rebelles à la transformation, soit parce que la puissance assimilatrice du tissu ne saurait se déployer avec assez d'énergie pour triompher de la matière à assimiler. La cause principale tient à ce que l'activité plastique, en général, s'est éloignée de ses conditions normales, à ce que la formation du sang est demeurée incomplète, ou bien encore à ce que ce liquide est *dégénéré*.

Quoiqu'il en soit, le tubercule soumis à des évolutions successives, dont la matière *grise, transparente des granulations* est le premier terme; la matière *blanc-jaunâtre*, de consistance caséeuse l'état intermédiaire; et la *bouillie tuberculeuse*, la manifestation dernière, constitue à mes yeux la phthisie proprement dite.

On admet pour combattre cette cruelle affection diathésique, un traitement *curatif* et un traitement *palliatif.*

Et d'abord comme traitement curatif on a proposé une médication *antiphlogistique, délayante,* ou *tonique,* d'après les opinions préconçues sur la nature de la maladie.

Broussais employait la première, car, selon lui, il y avait phlogose; les partisans de la seconde n'ont obtenu que des résultats passagers, et les exemples de ceux qui ont prétendu que le troisième mode de traitement avait, dans leurs mains, été couronné de succès, manquent d'authenticité.

Reste donc la série des médicaments affirmés comme véritablement *spécifiques.* On a mis en usage : 1° l'inspiration des gaz, oxigène, chlore, éther sulfurique en vapeur, l'air des étables, l'acide carbonique; 2° les divers agents thérapeutiques résineux, tels que baumes de copahu, du Pérou, et le storax, en suspension dans la vapeur d'eau; 3° on a eu recours à l'emploi des sels altérants ou toniques, les préparations ferrugineuses, le souffre et les eaux sulfureuses; il n'y a pas longtemps encore, qu'on préconisait le chlorure de sodium comme un moyen curatif puissant. L'émétique à faibles doses souvent répétées, a été expérimenté par M. Bricheteau ; l'iode, administré sous plusieurs formes, est très-vanté de nos jours; dans ces derniers temps, M. Sales Girons a voulu établir l'emploi de l'eau pulvérisée comme traitement spécifique; et enfin, M. Churchill publie journellement des observations qui prouvent qu'il est en pleine voie d'expérimentation de la médication antiphthisique dont il est l'auteur. C'est le traitement de la phthisie par les hyposulfites alcalins. Pour avoir une idée exacte de sa méthode au point de vue théorique, j'emprunterai à M. Dechambre les lignes où il résume, avec une heureuse lucidité, l'exposé scientifique de l'idée de M. Churchill :

« Les variations de composition du sang dans la phthisie n'ont aucun caractère particulier et distinctif, « quant à ses éléments organiques. » C'est donc « dans les éléments inorganiques » que doit résider la condition spéciale de la diathèse. Il fallait dès lors rechercher l'influence qu'exercerait sur la marche des tubercules, le changement de proportion de ces éléments inorganiques. On savait déjà que, sous ce rapport, l'influence était nulle quant au fer, au soufre, aux chlorures, aux divers alcalins. L'auteur soupçonna que c'était au phosphore qu'il fallait s'adresser; au phosphore, qui, en nature ou à l'état de phosphate, avait déjà été administré par plusieurs praticiens, entre autres, M. Piorry, contre les tubercules. De ces praticiens, les uns disaient avoir retiré du médicamment des effets avantageux, les autres affirmaient n'en avoir rien obtenu d'utile. D'où venait cette différence ? De ce que, dit M. Churchill, les premiers avaient employé le phosphate ou le phosphore à haute dose, et les seconds à petite dose. Comme le phosphore est, dans l'acide phosphorique, à son maximum d'oxydation, comme le phosphore en nature doit se transformer dans l'estomac en acide phosphorique, ou au moins en acide hypophosphorique, et que celui-ci doit, au contact des principes alcalins du sang, se dédoubler en deux atomes d'acide phosphorique et un atome d'acide phosphoreux, il s'ensuit que ces substances ne peuvent jouer dans l'économie le rôle d'un corps combustible, que si elles sont administrées à doses assez élevées. Dans l'hypothèse donc, où la diathèse tuberculeuse dépendrait « d'une diminution dans l'économie de l'élément phosphoré, » on devait faire choix d'un composé phosphoré peu oxigéné. L'auteur a choisi l'acide hypophosphoreux, et il l'a combiné avec une base, d'abord parce que l'acide une fois introduit dans le sang se serait toujours combiné avec les alcalis, puis, parce que l'acide, dont il eût fallu déterminer le degré de concentration, eût été difficile à doser. Les bases que choisit M. Churchill sont la soude et la chaux. Encore une fois, nous nous bornons à raconter. » (*Gazette hebdomadaire*, n° 34, 20 août 1858.)

Faut-il le dire, il y a eu continuellement dissidence entre les hommes de l'art qui se sont occupés d'expérimenter et d'apprécier tous ces modes de traitement à proportion qu'ils ont été révélés par leurs inventeurs. Parce que on a toujours remarqué, qu'appliqués par des mains étrangères, ils cessaient de produire les effets radicalement curatifs que leur attribuaient leurs créateurs. Espérons que M. Churchill sera plus heureux dans les résultats de sa méthode curative que ses prédécesseurs.

Cependant, la science est loin d'avoir condamné aucun de ces systèmes, reconnaissant que la plupart d'entre eux pouvaient avoir une utilité réelle en modérant les symptômes, atténuant les douleurs et ralentissant la marche d'une maladie qu'ils ne pouvaient radicalement guérir.

Traitement palliatif. — Ainsi, la médecine en infirmant la toute-puissance des *guérisseurs* de la phthisie pulmonaire, a-t-elle de tous les temps admis et appliqué, au point de vue prophylactique et palliatif, un traitement général, embrassant dans son ensemble tout l'utile des procédés mis au jour, par la succession des nouvelles idées qui ont été et qui continuent à être émises à ce sujet.

L'art a tout admis et a tout fait concourir pour atténuer la terrible affection des poitrinaires, depuis les plus simples moyens hygiéniques, jusqu'aux moyens les plus héroïques qui lui ont été révélés.

Considérant d'abord que tout ce qui pouvait accélérer la circulation et hâter le développement fébrile, précipitait la marche de la maladie, elle a proscrit, en principe et au début, les intempéries, les veilles, les courses, les fatigues et les excès de tout genre; et par contre, elle s'est opposé à la maigreur, au dépérissement, à la décoloration, par la distraction, les voyages, la modération dans l'exercice, l'habitation des lieux secs et bien aérés, et l'emploi d'un régime à la fois tonique et nourrissant.

Puis elle a secondé ces moyens hygiéniques par une médication basée sur l'emploi des simples, infusions, décoctions, gelées avec les plantes aux propriétés lénitives : lichen, petite centaurée, chicorée sauvage, conjointement avec les sirops, les loochs, les juleps adoucissants et gommeux.

Ensuite elle a entrepris la série des préparations, toniques, narcotiques et stiptiques, et a successivement mis à contribution, d'un côté, le soufre, le fer, l'iode, le chlore, le phosphore; de l'autre, l'opium et ses succédanés. Journellement elle n'a qu'à se louer de ces agents thérapeutiques divers, tout en reconnaissant cependant que ce ne sont que des auxiliaires puissants dans la voie palliative, et non des moyens assez efficaces pour atteindre à la curation absolue. Aussi, nous semble-t-il naturel, sous l'impression d'une telle tradition expérimentale, de répéter avec M. Andral : « aucun fait ne démontre qu'on ait jamais guéri la phthisie. Car ce n'est pas l'art qui opère la cicatrisation des cavernes, il ne peut tout au plus que la favoriser en *ne contrariant pas le travail de la nature*. Depuis bien des siècles, d'ailleurs, on cherche des remèdes qui puissent, soit combattre la disposition aux tubercules, soit les détruire, quand ils sont formés; de là, les innombrables spécifiques employés et abandonnés tour à tour, et choisis dans toutes les classes des médicaments... Mais le peu de succès obtenus jusqu'à présent, de ces nombreux essais, n'est pas une raison pour *ne plus s'y livrer* : il y aurait d'une part, à faire la révision de ce qui a été tenté, et d'autre part, *à entrer dans des voies nouvelles*. »

Or, en considérant les diverses médications que l'art a diversement employées, en groupant, d'une part, les éléments qui les composent, et en considérant de l'autre que le lait, par sa constitution et par les modifications dont il est susceptible, peut naturellement en devenir le véhicule, on voit qu'il peut remplacer, à lui seul, la plupart de ces préparations diverses avec l'avantage de ne point faire éprouver aux organes des malades aucune des réactions, des répugnances, des lésions même qu'entraîne l'usage isolé de tous les médicaments qui s'harmonisent difficilement avec les organes digestifs de l'homme et ne leur permettent presque jamais d'arriver à une parfaite tolérance, en blessant la sensibilité, les uns par leurs propriétés irritantes, les autres comme antipathiques aux sens de l'olfaction et du goût.

Avec le lait médicamenteux, la scène change, les inconvénients d'irritation, d'intoxication, les répulsions sensitives disparaissent, et non-seulement l'indication adoucissante, altérante, tonique ou sédative se trouve remplie, avec le privilége de la continuité, mais encore le lait porte avec lui le principe nutritif réparateur, qui produit son effet concurremment, et prévient, à chaque instant, les altérations que l'usage prolongé des remèdes apporte essentiellemeht dans les viscères et la constitution.

Conclusion. — Ainsi, des faits exposés dans le rapide aperçu qui précède, il ressort que le lait, dans son état naturel, tel qu'il est élaboré dans les mamelles des mammifères, sans qu'il soit chimiquement modifié par les soins de l'homme dans sa constitution physiologique, fut, de tous les temps, considéré et employé comme un agent thérapeutique des plus efficaces dans la plupart des maladies graves qui affligent l'espèce humaine, mais surtout dans les maladies des voies aériennes et dans les affections pulmonaires; il est d'ailleurs évident que c'est un médicament des plus complets, des plus généralement employés, des plus répandus et des moins coûteux.

Sa grande utilité n'est pas contestable, puisqu'en parcourant le cadre nosologique, rare est l'affection aiguë ou chronique, essentielle, ou diathésique dans laquelle il ne trouve sa place et une heureuse application. S'il s'agit de son efficacité, y a-t-il une substance qui ait produit des effets aussi variés, aussi puissants en faveur de l'organisme humain et dont l'emploi ait été plus varié et plus répandu ?

Comme agent thérapeutique complet, quel est le médicament douteux ou spécifique qui puisse rivaliser par ses propriétés diverses et compatibles, par sa richesse de composition élémentaire, par son élévation dans l'échelle organique, avec ce produit à la fois nutritif et curateur, qui, sous ce double aspect, réunit la plus grande innocuité à l'efficacité la mieux constatée.

Est-il d'ailleurs un produit plus répandu? En toute saison, en tous lieux, en tout climat, à la ville, à la campagne, à toute heure, toujours préparé, il est sous la main de l'homme qui en emprunte l'usage.

D'autre part, ils n'est pas de boisson nutritive et médicamenteuse que ce dernier puisse se procurer à moindre peine et à moins de frais. Quelques grammes d'eau maniés par les procédés de la polypharmacie reviennent souvent plus cher que des pintes de cette liqueur bienfaisante.

Or, malgré tous ces avantages incontestables, réunis par le lait naturel, je dis que ses attributs curateurs s'élèveraient à des résultats bien plus précieux encore si, entrant ***dans une voie nouvelle,*** l'art, au lieu de délaisser en quelque sorte ce précieux agent thérapeutique, unissait ses efforts éclairés par les données de la science pour augmenter la richesse de ses propriétés médicamenteuses, en l'additionnant de tous les principes que la chimie a révélés et révèle sans cesse à l'homme comme agents modificateurs de sa vitalité.

Et si l'on poursuivait hardiment la série des essais déjà tentés pour imprégner l'alimentation des animaux, des principes que la thérapeutique possède, de manière à les incorporer, à les assimiler à la substance laiteuse, qu'arriverait-il?

On verrait bientôt, à une thérapeutique purement matérielle, le plus souvent inorganique, à une pharmacopée toute manuelle et polymorphe, à une chimie astreinte aux attractions et aux affinités purement physiques, succéder une thérapeutique purement organique, une pharmacopée unimorphe, et une chimie ***naturelle*** et ***vivante.***

Eh qui donc viendra nier que le creuset de la nature n'est pas plus puissant que celui de l'homme? Ce dernier a beau manipuler, il ne remplacera pas par les plus grands efforts d'esprit et d'action, les produits que celle-ci enfante spontanément par son génie d'aggrégation et par ses harmonies fonctionnelles.

L'homme, dans ses manipulations, trouve à chaque instant et de toute part, des entraves. Ignorance de la nature intime des éléments qu'il manie, ignorance surtout, du dosage de leur proportion, relativement aux appareils physiologiques : que de tâtonnements pour rester le plus souvent dans l'incertitude.

La nature, au contraire, ne peut jamais errer dans ses mélanges, dans ses rapprochements, dans ses aggrégations, tandis qu'elle a les lois de la vie qui lui servent de balance et de règle constante pour rester dans les limites d'une légitime saturation.

D'où je conclus, *qu'appliquer* l'étude de l'incorporation physiologique des principes médicamenteux, dans la substance du lait par l'alimentation, c'est ouvrir la voie à une thérapeutique nouvelle dont les effets bienfaisants pour la santé de l'homme, peuvent atteindre à des résultats inespérés.

Qu'à cette tentative viennent rationnellement s'adjoindre et concourir, les forces intelligentes qui savent réunir et combiner les intérêts industriels avec des fondations marquées au coin de l'utilité publique et de la véritable philanthropie, et par leur concours obligé le problème sera bientôt résolu.

Ne revendiquant que l'idée médicale en si haute entreprise, je m'arrête jusqu'à ce que, sous un autre point de vue, il soit opportun de la poursuivre.

FIN.

www.ingramcontent.com/pod-product-compliance
Ingram Content Group UK Ltd.
Pitfield, Milton Keynes, MK11 3LW, UK
UKHW021020220726
13924UKWH00001B/89

9 782019 247362